NOTICE

SUR

L'ABBÉ CROZES

AUMONIER DE LA GRANDE ROQUETTE

PARIS

E. DE SOYE ET FILS, IMPRIMEURS

18, RUE DES FOSSÉS-SAINT-JACQUES, 18

1888

NOTICE

SUR

L'ABBÉ CROZES

Le diocèse de Paris vient de perdre un de ses prêtres les plus connus, les plus estimés, les plus aimés : M. Abraham Sébastien Crozes, chanoine honoraire de Paris et d'Albi, chevalier de la Légion d'honneur, ancien aumônier de la Grande-Roquette, décédé doucement dans la paix du Seigneur, après quelques heures seulement de maladie et d'agonie, le jeudi 25 octobre, à six heures et demie du soir, dans la modeste cellule de l'infirmerie Marie-Thérèse, où il s'était retiré depuis six ans.

Il était doué d'une physionomie à la fois si originale et sympathique, qu'il suffisait de l'avoir rencontré quelque part, pour le reconnaître partout, et se montrait toujours de relations si aimables et si dignes, qu'on ne pouvait le voir, l'entendre, l'approcher même, sans être pris d'un sentiment de profond respect et de véritable affection.

Peu de temps avant sa mort, il soupçonnait un de ses amis, qui l'interrogeait sur son passé, de vouloir recueillir des notes, en vue d'un article nécrologique : « Je devine votre pensée, lui dit-il, mais comme je préfère qu'on n'écrive point sur moi, après ma mort, je vous adresserai une lettre que je vous permettrai de publier, à ce moment, et qui expliquera pourquoi vous, le confident de mes intentions, vous gardez le silence sur ma tombe. » La lettre n'ayant point été écrite, cet ami se croit dispensé d'accéder à son humble désir. En supposant que le pieux défunt soit quelque peu en droit de s'en plaindre, nul doute qu'après avoir pardonné ici-bas, au nom du bon Dieu, les plus grosses iniquités, il ne se montre indulgent encore, maintenant qu'il le voit au Ciel, pour cette indiscrétion d'une amitié fidèle. Nous ne rappellerons d'ailleurs, — même dans la notice plus étendue que nous nous proposons de publier plus tard, — que la moindre partie de ses œuvres et de ses vertus; la meilleure, par le fait de sa modestie, n'étant connue que de Dieu.

M. l'abbé Crozes appartenait à une ancienne et honorable famille d'Albi, connue de tout temps par son attachement à l'Eglise catholique et son dévouement à toutes les œuvres de bien et de charité. Un de ses oncles, prêtre comme lui, est mort émigré en Espagne, pendant la grande Révolution; un autre a été un des fondateurs de l'important établissement du Bon Sauveur. Son père n'avait cessé, à cause de ses éminentes vertus chrétiennes, d'être honoré de l'amitié particulière des Archevêques qui se sont succédé sur le siège d'Albi.

Il avait eu quatre fils. L'ainé, Hippolyte, a été, durant de longues années, maire de la ville, président du tribunal civil, conseiller général du département; il a laissé des récits remarquables d'histoire et d'archéologie albigeoise; mais, avant tout, comme le disait le Bulletin du diocèse, au mois de mai 1880, racontant ses funérailles qui avaient eu le caractère d'un deuil public : « ce fut un grand chrétien. » Germain, le troisième fils, avocat, décédé en 1886, avait été, depuis sa jeunesse, l'âme de toutes les associations de bienfaisance et surtout de la Conférence de Saint-Vincent de Paul, dont il était le président : sa charité, dont son testament, comme sa vie, a laissé l'éclatant témoignage, en avait fait l'Ozanam d'Albi. La discrétion ne nous permet point de parler du dernier frère, seul survivant, M. Salvi, non moins que ses ainés, l'homme de Dieu et des pauvres. Nobles traditions de foi, d'honneur et de vertu qui se continuent dans la génération suivante : tandis que l'un des neveux de l'abbé Crozes est mort commandant d'infanterie, après s'être enrôlé dans la Légion romaine d'Antibes et avoir pris part, contre Garibaldi, au brillant fait d'armes de Monte-Rotondo; un autre, plus jeune, appelé, presqu'au sortir du séminaire, à être vicaire général du diocèse de Perpignan, a préféré, vivement félicité par son oncle, le cloître et la règle de Saint-Dominique.

Telle est la famille bénie, toute entière profondément chrétienne, de M. l'abbé Abraham-Sébastien Crozes. Il était le deuxième de ses frères. Né le 16 mars 1806, il fut baptisé le lendemain à son église paroissiale, l'insigne et splendide cathédrale de Sainte-Cécile que Richelieu, la visitant en 1629, déclarait l'une des merveilles du monde. Son unique sœur, Marguerite-Marie, qui était l'ainée de la famille, lui servit de marraine; le parrain, Sébastien Gaugiran, était son oncle maternel. Chaque année, il renouvelait cet anniversaire; sur un extrait de l'acte, on lit ces mots écrits presqu'à la veille des événements qui devaient le faire approcher du martyre : « 1870, 17 mars, je renouvelle devant Dieu les vœux de mon baptême. A.-S. Crozes. » Il n'avait que huit ans, quand il reçut le sacrement de Confirmation. C'était en 1814 : la France était agitée par les divisions politiques et l'on pouvait craindre de voir les troubles s'aggraver. C'est pourquoi on avait profité, pour faire confirmer tous les enfants suffisamment préparés, de la visite, qui ne pouvait se renouveler souvent, de l'Évêque de Montpellier, chargé de l'administration des deux diocèses, par suite de la suppression du siège d'Albi, de 1801 à 1823. C'était alors Mgr Fournier, parent et ami de l'illustre abbé Emery, supérieur général de la Compagnie de Saint-Sulpice. Le calme s'étant rétabli en France, l'abbé Crozes, bien que confirmé si jeune, ne fit sa première communion qu'au moment où il venait d'atteindre sa treizième année. A cet âge, avec son intelligence précoce et sa piété si vive, combien parfaite dût être sa préparation à ce grand acte. Aussi, même dans son âge le plus avancé, l'émotion le gagnait, aussitôt qu'on parlait devant lui d'une cérémonie de première communion : il se souvenait avec bonheur de la date qui avait été pour lui le grand jour.

Mais le témoignage le plus sûr des heureuses dispositions de son âme, à ce moment, ce fut sa résolution prise et confiée alors à sa mère de se consacrer à la vocation ecclésiastique. Il comprit si bien ce qu'elle lui avait répondu, en l'encourageant chrétiennement, que si son vœu était sincère, il devait se montrer le modèle de ses frères, qu'il devint, par sa docilité et sa douceur, l'enfant de prédilection de toute la famille. C'était déjà la fermeté de caractère qui se révéla toute sa vie, dans l'accomplissement du devoir : » Je n'ai pas souvenir, nous écrit son frère, témoin intime de son enfance, qu'il ait jamais donné occasion à une réprimande de ses parents ou de ses maîtres. » La pensée de sa vocation ne le quitta plus : sa plus agréable récréation, quand on le lui permettait, était de se retirer dans une petite chambre où il avait dressé un autel, afin de s'y exercer à dire la messe.

Il fit ses premières études au collège communal d'Albi. Durant tout son cours, il demeura à la tête de ses classes. Son père avait voulu qu'il y fût seulement externe, afin de mieux sauvegarder, par sa demeure au foyer domestique, l'éducation de famille. Il était à sa dernière année de collège en 1823, lorsque la ville et le diocèse, après une attente de plus de vingt ans, depuis le Concordat de 1801, eurent la joie de voir rétablir le siège d'Albi, avec son titre d'église métropolitaine. Mgr Brault, qui y fut transféré, de Bayeux où il avait été nommé évêque en 1802, était un prélat d'une grande sagesse et d'une rare aménité. Bien qu'à peine installé depuis quelques mois, il accepta de venir au collège présider une thèse publique de philosophie que le jeune Crozes devait soutenir. L'Archevêque voulut l'argumenter lui-même et se retira si charmé de la solidité et de l'éclat de la discussion du jeune élève de philosophie qu'il lui fit remettre le lendemain, en témoignage de sa satisfaction, les œuvres complètes de Bourdaloue.

Ce ne fut que le point de départ d'un intérêt qui devint tout paternel de la part de l'Archevêque pour le brillant lauréat du collège; car, en apprenant qu'il se destinait au sacerdoce, il résolut de le conduire lui-même dans la voie de sa vocation. La réorganisation du diocèse d'Albi n'étant qu'à son début, il préféra confier son cher ordinand au séminaire de Toulouse dirigé par les Sulpiciens. L'abbé Crozes y reçut la tonsure le 15 juin 1824 et les ordres mineurs le 17 mars 1825. Après trois années passées à Toulouse, son cours de théologie était terminé, mais n'ayant encore que vingt ans, il ne pouvait être admis au sous-diaconat.

Mgr Brault l'engagea alors à se rendre à Paris, afin d'y continuer ses études ecclésiastiques au Séminaire de Saint-Sulpice : c'est là qu'il reçut tous les ordres sacrés. Ordonné sous-diacre le 21 décembre 1827, il fut appelé au diaconat le 20 décembre 1828, et, le 3 juin 1830, à peine âgé de vingt-quatre ans, il reçut la prêtrise. Ses cahiers de théologie, conservés avec soin, offrent le témoignage de l'esprit de méthode et de l'ardeur du travail avec lesquels il suivait les cours du Séminaire, en même temps qu'il dirigeait avec un zèle et une distinction remarquables l'un des catéchismes de la paroisse de Saint-Sulpice. Sa piété ne le cédait point à son savoir et à son activité. Voici le témoignage que M. Garnier, supérieur général de Saint-Sulpice lui donnait, au lendemain de sa prêtrise, en 1830. « Je soussigné, certifie que M. Sébastien Crozes, prêtre, a passé quatre ans au Séminaire, qu'il s'y est distingué par sa piété et ses talents et qu'on peut sans difficulté lui accorder des pouvoirs. »

L'année qui avait suivi l'entrée de M. Crozes à Saint-Sulpice, Mgr Brault avait été appelé lui-même à résider plusieurs mois chaque année dans la capitale par son élévation en 1827 à la Pairie de France. Il en profita pour venir voir l'abbé au Séminaire et le demander quelquefois près de lui, en qualité de secrétaire. C'est à ce titre qu'il lui écrivit de rester au Séminaire, après sa prêtrise, afin de l'y retrouver à la session suivante de la Chambre des Pairs. En attendant, M. Crozes fut chargé de remplir les fonctions de chapelain du ministère des Affaires étrangères. Tous les jours, il y venait dire la messe à laquelle le ministre, prince de Polignac, assistait régulièrement. Le 27 juillet il y était venu encore : mais l'émeute populaire qui allait amener la Révolution de 1830 avait grandi en quelques heures : l'abbé ne rentra qu'à grand peine au Séminaire, où son frère puiné Germain, qui faisait à Paris son stage d'avocat, s'empressa de venir le rejoindre pour lui donner une hospitalité moins exposée.

Mgr Brault n'avait plus besoin de secrétaire à Paris, puisque ses lettres de pairie étaient emportées avec la dynastie exilée. Mais, en voyant que l'agitation se montrait plus grande et plus menaçante en province que dans la capitale, il engagea l'abbé Crozes à demeurer à Paris, en confiant à sa prudence et à son affection de graves intérêts matériels qu'il y avait à terminer, ce dont l'abbé s'acquitta avec un entier succès. A partir de ce moment, la vie du jeune prêtre Albigeois allait appartenir toute entière au diocèse de Paris.

Les affaires de son Archevêque, dont le règlement demanda plusieurs années, ne pouvaient évidemment occuper tous ses loisirs : son cœur de jeune prêtre sentait le besoin d'un autre objet d'activité. Le succès avec lequel il avait pris part aux catéchismes de Saint-Sulpice l'avait fait connaître du clergé de Paris. M. Morduel, curé de Saint-Roch, le chargea du même ministère dans sa paroisse. Quand M. Olivier, qui devint évêque d'Evreux, passa de Saint-Etienne du Mont à Saint-Roch, pour y succéder à M. Morduel, il lui offrit un vicariat vacant que l'abbé crut devoir refuser modestement, afin de continuer à s'occuper exclusivement des enfants.

C'est là que le retrouvèrent bientôt l'abbé Madelaine et l'abbé Dupanloup, qui fut plus tard l'illustre évêque d'Orléans; l'un et l'autre venaient collaborer à la même œuvre. Cette époque brillante des catéchismes de Saint-Roch a laissé dans la paroisse un souvenir ineffaçable et y a créé des traditions conservées par toute une suite de prêtres distingués. Les notes que l'abbé Crozes a laissées de ses instructions et qui pourraient être publiées avec un grand intérêt, montrent qu'il devait tenir sa place d'élite à côté de ces grands maîtres de la parole.

L'abbé Crozes aurait été heureux de demeurer, toute sa vie, simple prêtre catéchiste. Mais l'administration diocésaine, qui appréciait son mérite, voulut l'attacher plus complètement au ministère paroissial. Il fut successivement vicaire à Sainte-Madeleine et à Saint-Nicolas des Champs, où il demeura onze années, de 1838 à 1849.

A cette époque, la classe ouvrière n'était pas moins ardemment qu'aujourd'hui travaillée par l'esprit d'impiété et de révolution : les quartiers de Saint-Denis et Saint-Martin étaient un des centres les plus agités. L'abbé Crozes vit aussitôt l'œuvre qu'il fallait créer pour s'opposer au mal. C'est lui qui, au mois d'octobre 1838, l'année même de son arrivée à Saint-Nicolas, eut la première inspiration de ces réunions d'ouvriers, qui donnèrent naissance aux admirables sociétés de Saint-François Xavier, multipliées bientôt dans les paroisses de la capitale et des grandes villes de province.

L'espace nous manque ici pour raconter, ce que nous nous proposons de faire plus tard, l'histoire de la naissance et des progrès de cette association, à laquelle un si grand nombre de prêtres et de laïques éminents, orateurs, poètes, savants, industriels, ont attaché leur nom et qui a maintenu ou ramené tant d'ouvriers dans l'amour du devoir et la pratique de la religion.

Quelques membres, un peu ardents et exclusifs, avaient proposé, à l'origine, d'en fermer l'entrée à quiconque n'était pas déjà fidèle chrétien. L'abbé Crozes s'y opposa par un de ces mots heureux qui lui venaient naturellement : « Sans doute, leur dit-il, il faut exclure ceux qui sont mauvais, de parti pris ; mais pourquoi refuserait-on d'admettre ceux qui commencent à devenir bons ? S'il est vrai qu'on rejette de l'arbre un fruit tout gâté, on y laisse le fruit qui n'est pas tout à fait mûr, dans l'espérance qu'un rayon de soleil hâtera sa maturité. » Combien de fois sa parole a été ce rayon de soleil échauffant les âmes et les ouvrant à la grâce de Dieu !

L'abbé Crozes qui avait été le premier fondateur de l'œuvre, en était resté l'apôtre infatigable : dix jours seulement avant sa mort, bien qu'il fut déjà souffrant, il avait assisté et adréssé une instruction, qui fut la dernière, à la réunion de Sainte-Marguerite. Son apparition dans ces sociétés était toujours une fête : l'annonce de sa visite suffisait pour doubler le nombre des membres présents. Il faut en avoir été témoin, pour se rendre compte de l'attention sympathique, de l'enthousiasme avec lesquels on y écoutait ses allocutions religieuses, pleines de finesse, d'amabilité et de sens pratique : il n'y avait d'autres distractions dans l'assistance que les moments où l'on avait le besoin d'approuver et d'applaudir. La nouvelle de sa mort y a causé un vrai deuil de famille.

Le contact avec les ouvriers ne tarda pas à le mettre en présence de misères extrêmes, causées par le chômage, la maladie, la vieillesse. C'est pourquoi les réunions de Saint-François Xavier, qui n'avaient eu d'abord qu'un but moral et religieux, n'avaient pas tardé à s'organiser en associations de prévoyance et de secours mutuels. Mais ces moyens, si excellents qu'ils soient, ne peuvent toujours suffire pour conjurer l'excès de l'infortune. C'est ici que le cœur de l'abbé Crozes se montrait tout entier, dans ses visites aux ouvriers pauvres et malades. Dieu seul connait le secret des secours multipliés, sous forme d'aumônes ou d'avances, qui lui ont permis de sauver de nombreuses familles honnêtes et malheureuses de la détresse et du déshonneur. Sa charité inépuisable et discrète n'a eu fin qu'avec sa vie.

L'abbé Crozes venait d'atteindre quarante-trois ans. L'administration diocésaine qui connaissait son penchant vers tout ce qui est misère, afin de l'améliorer matériellement et moralement, lui offrit une situation qui, sous ce rapport, ne pouvait rien lui laisser à désirer. Jusque-là il s'était dévoué aux enfants, aux ouvriers, aux pauvres; il va désormais consacrer aux prisonniers les quarante années que la Providence lui réserve encore à vivre. On peut supposer qu'il se réjouit intérieurement de sa nomination d'aumônier des prisons de la Seine; comme autrefois Saint-Vincent de Paul de son titre d'aumônier des Galères de France.

Il fut d'abord chargé, pendant un peu plus de dix ans, de 1849 à 1860, des jeunes détenus de la Petite-Roquette. A cet âge, le cœur n'est jamais tout à fait vicié et insensible, et combien d'ailleurs n'entrent dans ces maisons de correction qu'après avoir manqué, au sein même de la famille, de l'éducation paternelle et maternelle. L'abbé Crozes révélait à ses enfants, souvent plus malheureux que coupables, un dévouement qu'ils n'avaient pas même soupçonné : il se faisait pour eux instituteur et catéchiste, mais surtout apôtre et père, afin de les rendre à la société, comme il y réussit pour la plupart, citoyens honnêtes et bons chrétiens.

Mais c'est surtout son ministère à la Grande-Roquette qui nous montre dans sa plénitude son esprit d'abnégation et de mansuétude, de charité chrétienne et de zèle sacerdotal : son nom reste inséparable de ce séjour habituel du vice et du crime, comme le contraste le plus pur de la vertu la plus irréprochable et du cœur le plus généreux.

Il passait à la prison une grande partie de ses journées, pour visiter et consoler les détenus, se faisant tout à tous, suivant le langage de saint Paul, par ses paroles, ses conseils, les douceurs qu'il leur procurait, afin de ramener peu à peu leur cœur au Dieu qu'ils avaient abandonné et oublié, si ce n'est peut-être pour le blasphémer. Il avait sur chacun d'eux un dossier de leur famille et de leurs intérêts, tenu avec une exactitude parfaite. On n'y voyait jamais rien du motif de leur condamnation, mais seulement la date de leur entrée et de leur sortie, avec l'indication des affaires qu'ils confiaient à ses soins. Comme il avait son domicile privé en dehors de la prison, il y recevait deux fois par semaine les parents des détenus qui désiraient le voir.

Quand venait le moment de leur sortie, il leur procurait un vêtement complet et leur continuait ses secours, jusqu'à ce qu'il fut parvenu à leur trouver du travail. Comme il était heureux quand il les voyait réhabilités! Il éprouva un jour une grande consolation, en recevant d'un grand industriel, dont personne n'aurait pu soupçonner l'ancien passage à la Roquette, une somme d'argent qu'il le priait d'accepter, pour l'aider à continuer, vis-à-vis d'autres, l'œuvre de régénération qu'il avait accomplie pour lui.

C'était vraiment un charme de l'entendre défendre ses prisonniers, quand on semblait s'étonner de son dévouement pour eux, ou le plaindre de son ingrate mission. « Serions-nous meilleurs qu'eux, disait-il, si nous avions eu le malheur d'être, comme le plus grand nombre d'entre eux, ou mal élevés ou jetés, de bonne heure, dans un milieu pervers? Soyons donc indulgents pour les criminels, et remercions Dieu de nos bonnes dispositions. » Dans une réunion de confrères, où se trouvaient plusieurs curés de Paris, l'un d'eux lui dit : « Eh bien! M. l'aumônier, n'en avez-vous pas assez de vos coquins? » — « Mais, répartit aussitôt l'abbé Crozes, avant d'être chez moi, ces coquins étaient chez vous. Si vous n'aviez que des saints sur vos paroisses, on pourrait à la Roquette mettre la clef sous la porte. Ce n'est pas dans mon bercail qu'ils commettent le crime, c'est chez vous : chez moi, ils expient et se repentent. »

C'est surtout auprès des condamnés à mort qu'il épuisait les ressources de sa douceur, de sa patience et de son zèle. « Vous en avez un, lui disait-on un jour, dont vous n'avez rien à espérer. » Il répondit avec simplicité : « Je ne désespère jamais de personne. » Des journaux ont raconté qu'il avait apporté à Tropmann sa part dé gateau des rois : le fait est exact, mais ce qu'il faut ajouter, c'est qu'il n'y a là qu'une, entre mille, de ses pieuses et admirables industries, près des condamnés. Il ajoutait toujours à sa charité ses pénitences et ses prières. Dès qu'il prévoyait une exécution, il faisait des jeûnes, passait des nuits en prières et offrait à son bon saint Joseph des promesses d'ex-voto : les plus pervertis et endurcis des suppliciés, pendant les longues années de son ministère à la Roquette, ont tous, au moins à la dernière heure, pleuré leurs crimes à ses pieds et demandé à Dieu pardon.

L'abbé Crozes n'eut jamais d'autre ambition que celle de faire le bien, sans bruit, sans nulle pensée de récompense humaine. Mais ses mérites éminents, quelque fût sa modestie, ne pouvaient rester inaperçus de ses supérieurs. Le 21 avril 1868, il reçut une lettre de Mgr Darboy lui annonçant sa nomination de chanoine honoraire : « mon choix, lui écrivait l'Archevêque, est déterminé par vos qualités sacerdotales et par vos longs et honorables services. Tous vos confrères y applaudiront comme à un acte de justice. » On peut en effet assurer que cette nomination fut applaudie de tout le clergé de Paris. Il en avait été de même quand on avait appris sa nomination de chevalier de la Légion d'honneur, le 14 août 1862.

Qui aurait pu soupçonner que l'abbé Crozes, l'apôtre des ouvriers, le bienfaiteur des malheureux, la Providence des prisonniers, le consolateur suprême des condamnés à mort, pût jamais devenir lui-même le détenu de Mazas et désigné pour être fusillé, comme un malfaiteur et un brigand ! Mais Notre-Seigneur ne permit pas qu'il eût un autre sort que saint Jean, son disciple bien-aimé : il eut donc le mérite du martyre, auquel il était tout résigné et préparé ; mais il en sortit sain et sauf. Tous ont connu et pu lire le récit touchant et ravissant dans lequel il nous raconte lui-même, comment il fut incarcéré, dès les premiers jours de la Commune, et comment il dut sa délivrance à la reconnaissance filiale et au dévouement héroïque d'un de ses anciens prisonniers de la Grande-Roquette. Le capitaine Révol lui avait sauvé la vie : l'abbé Crozes lui a obtenu la grâce qui en a fait un élu du ciel.

Les émotions de cette douloureuse époque, les fatigues de son long ministère et son âge avancé avaient commencé à diminuer ses forces. Son bonheur eût été de mourir aumônier de la Grande-Roquette ; mais à la suite d'une maladie à laquelle il faillit succomber, il céda, après une longue hésitation et avec un extrême regret, à l'insistance de ses meilleurs amis et se démit de ses fonctions. Sur la demande du Directeur de la prison, M. le Préfet de police lui donna le titre d'aumônier honoraire et lui maintint tous ses privilèges d'entrée à la Roquette et droits de visite de ses chers prisonniers. Il y venait donc souvent : aussi quand l'aumônier actuel annonça sa mort à la chapelle, le dimanche qui la suivit, ce fut une émotion qui n'eût pas été plus grande si on leur avait appris la mort de leurs plus chers parents.

Lorsque l'abbé Crozes donna sa démission, il approchait de quatre-vingts ans. Il se retira à l'infirmerie des prêtres âgés et infirmes, dite Marie-Thérèse, mais en conservant, au presbytère de Saint-Leu, un petit appartement-mansarde où il passait la journée du dimanche, afin de pouvoir plus facilement se retrouver le soir aux réunions de Saint-François Xavier et continuer aussi à un bon nombre de ses anciens prisonniers libérés, ses conseils et ses secours. On les reconnaissait facilement à leur attitude respectueuse, hésitante, disciplinée même, dans les endroits obscurs de la sacristie où il les attendait après sa messe.

Le clergé de Saint-Leu regardait comme un honneur de posséder l'abbé Crozes au moins un jour chaque semaine. Il y disait tous les dimanches la messe de onze heures. On y voyait toujours une assistance nombreuse et souvent distinguée : heureuse de pouvoir contempler le pieux et vénérable vieillard, s'unir à sa prière et recevoir sa bénédiction. « C'était un spectacle touchant, nous écrit M. le Curé de Saint-Leu, de voir les rangs s'ouvrir respectueusement sur son passage, quand il rentrait à la sacristie : tous enviaient de le voir et l'approcher de plus près. Si quelque accident lui fut arrivé, mille bras se fussent tendus pour le soutenir : chacun eût été fier de guider, ne fut-ce qu'un instant, sa marche chancelante. »

Les loisirs qu'il avait à l'infirmerie de Marie-Thérèse, pendant la semaine, n'étaient point inoccupés. Il y travaillait à un projet de réforme du calendrier qu'il avait voulu présenter lui-même à Rome et qui l'avait mis en rapport à Paris avec des académiciens et des savants. Les notes qu'il a laissées aussi sur l'amélioration du système pénitentiaire et qui sont le fruit de sa longue expérience, seront certainement précieuses pour les hommes compétents à qui elles seront confiées.

Il reste un dernier trait, le plus essentiel quoique le plus caché, pour connaître l'abbé Crozes, car il est le secret de son influence et de ses œuvres, c'est sa sainteté sacerdotale.

Sa charité était universellement connue, parce que la reconnaissance de ceux qui en étaient l'objet trahissait souvent la discrétion qu'il mettait à la faire ; mais combien peu soupçonnaient son esprit de pauvreté, bien qu'un journal ait autrefois décrit son intérieur d'aumônier de la Roquette. C'était une cellule de carme ou de chartreux, nous dirions presque de prisonnier. Une table et quelques vieilles chaises formaient le principal de son mobilier ; des images, au lieu de tableaux, recouvraient son misérable prie-Dieu ; enfin, pour se reposer, un lit de sangle, dont il a continué à se servir, dans sa mansarde de Saint-Leu, jusqu'à la fin de sa vie. Nous n'aurions cependant pas fait connaître tout son mobilier, si nous oubliions le soin qu'il avait pris de se procurer, depuis de longues années, le cercueil dans lequel il devait être enseveli, et qu'il tenait près de sa couche, afin de penser toujours à la mort. Un ami lui faisait remarquer un jour que ce cercueil en chêne était de meilleure apparence que ses autres meubles. « C'est juste, répondit-il, mais c'est précisément le seul que j'emporterai. »

Son austérité était égale à son esprit de pauvreté. Il se couchait régulièrement à onze heures et se levait à quatre : ce n'est que, dans les derniers mois de sa vie, qu'il a consenti, par obéissance, à se coucher plus tôt. Mais souvent il passait la nuit entière sur une simple chaise. Sa nourriture était aussi sobre que sa couche était dure et son sommeil abrégé. Nous ne pensons pas que jamais, même pour raison de santé, il ait manqué à la loi de l'abstinence et, après avoir dépassé quatre-vingts ans, il se refusait à croire qu'il fut dispensé de l'obligation du jeûne. Et cependant autant il était sévère pour lui-même, autant il était indulgent pour les autres.

Au milieu de ses confrères de Marie-Thérèse, il se montrait un modèle de douceur et d'humilité : toujours disposé à rendre service et craignant de causer la moindre peine ou d'occasionner le plus léger surcroît de fatigue même à un domestique. Quand il s'agissait de régler l'heure des messes, il s'offrait pour la dire indifféremment, dès cinq heures du matin ou à une heure tardive; toujours préoccupé de la convenance des autres et s'oubliant absolument lui-même

Sa piété, inspirée par une foi vive et une religion profonde, était l'âme de toutes ses autres vertus. Chaque jour, il passait de longues heures à réciter son Bréviaire, et toujours avec un recueillement qui édifiait ceux qui l'apercevaient. A l'autel, il avait vraiment une attitude angélique. Son respect pour les cérémonies liturgiques allait jusqu'au scrupule. Un servant de messe, très exercé, lui ayant fait remarquer un manquement qui lui avait échappé : « Oh! merci, mon ami, lui dit-il, voilà 5 francs pour récompense et je vous en promets autant, chaque fois que vous aurez une pareille observation à me faire. » Malgré son âge avancé, il n'a jamais cessé de faire la génuflexion jusqu'à terre, quand les rubriques le demandaient. « Mais vous n'y êtes plus tenu, lui disait un de ses confrères, et c'est vous imposer une fatigue extrême. » — « Au contraire, lui répondit-il, cela me guérit mes rhumatismes. » Qui donc, parmi les fidèles, ne l'a rencontré dans les églises où se faisait l'adoration perpétuelle, se prosternant dans un coin obscur, pour y faire sa visite au Saint-Sacrement. Il ne passait jamais un mois, sans faire des pèlerinages à Notre-Dame des Victoires, à Sainte-Geneviève. C'est surtout à l'intérieur de sa cellule, au pied de son prie-Dieu, qu'il avait, chaque soir, avec Notre-Seigneur, avec la sainte Vierge, avec saint Joseph, avec son bon Ange, des entretiens intimes, prolongés pendant la nuit, et qui lui faisaient obtenir le succès de tous ses vœux.

Sa vie, pleine d'œuvres et de vertus, a été couronnée par la mort la plus sainte et la plus douce. Le lundi 21 octobre, on commençait à Marie-Thérèse la retraite annuelle, dont il suivit les exercices avec sa régularité et sa piété habituelles; il se sentait bien un peu de malaise, mais ne voulait point en tenir compte. Le jeudi matin, 25, il voulut se lever, comme à l'ordinaire, dès quatre heures. Son voisin de chambre, qui le savait un peu souffrant, s'aperçut que sa démarche n'était point normale. Il s'empressa de venir le trouver et ne réussit qu'avec peine à le faire se remettre dans son lit. Cependant on avait averti le médecin qui reconnut aussitôt la gravité de son état. Il fallut néanmoins l'intervention du Supérieur, pour l'empêcher de se lever et de venir à l'instruction de la retraite. Le mal s'aggravant, bien qu'il ne parut point souffrir, le religieux, qui prêchait les exercices, lui offrit de le confesser, ce qu'il accepta avec empressement. Il reçut de même, sans nulle appréhension, les derniers sacrements, répondant lui-même à toutes les prières. Sa physionomie respirait le calme et la joie. Il craignait seulement qu'on se fatiguât près de lui et s'opposait presque aux services qu'on voulait lui rendre. Vers cinq heures, le râle commença ; il avait toujours sa connaissance et dit à une sœur qui était là pour le veiller : « Ma sœur, je reconnais que c'est l'avant-coureur de la fin. » Il ne parla plus, mais ses lèvres continuaient à murmurer quelques prières. A six heures et demie, il s'endormit doucement dans le Seigneur.

En sa qualité de chanoine, il aurait dû avoir ses funérailles à Notre-Dame de Paris ; mais comme il avait exprimé le désir d'avoir son convoi à Marie-Thérèse, on a cru devoir le respecter. Bien qu'on n'eût envoyé qu'un petit nombre d'invitations, la chapelle, les salles voisines, le jardin même étaient envahis par une foule sympathique et recueillie. M. l'abbé Caron, archidiacre de Notre-Dame, a présidé lui-même l'absoute ; la levée du corps avait été faite par M. Fages, official du diocèse et la messe dite par un prêtre ami du défunt et son exécuteur testamentaire. Le clergé y était en grand nombre : nous avons pu remarquer M. Legrand, vicaire général, curé de Saint-Germain l'Auxerrois ; MM. de Bonniot et de Beuvron, chanoines titulaires ; M. Roy, chanoine honoraire ; MM. les Curés de Saint-Roch, de Saint-Laurent, de Sainte-Marguerite, de Saint-Étienne du Mont, de Saint-Germain de Charonne, de Belleville, de Saint-Ambroise, de Saint-Jacques, de Saint-Denis de la Chapelle, de Saint-Louis des Invalides ; beaucoup d'autres prêtres et le très honoré Frère Joseph, Supérieur général, avec quelques Frères.

Le cortège de Marie-Thérèse au cimetière du Père-Lachaise fut un vrai triomphe faisant contraste avec la modestie de toute sa vie. Il avait expressément demandé qu'on ne lui fît aucun honneur militaire, en sa qualité de chevalier de la Légion d'honneur et, sans que personne l'eût demandé, son cercueil fut entouré d'une nombreuse brigade de gardiens de prison, en grand costume. Il y avait aussi quatre directeurs de maisons pénitentiaires, entre autres celui de la Grande Roquette.

Le deuil était conduit par deux de ses neveux, l'un sous-directeur au ministère des finances, l'autre avocat. La foule qui suivait était considérable et tous tenaient à suivre à pied, pour mieux témoigner leur vénération et leur attachement pour le défunt. Quel concert de louanges, nous disait un des assistants, si l'on pouvait recueillir dans un panégyrique tout ce que l'on entendait sur le parcours. Nous ne citerons qu'une de ces réflexions dont nous avons été frappés, en traversant la place de la Bastille. Un ouvrier apprenant que ce convoi était celui de l'abbé Crozes : « Oh! s'écria-t-il avec émotion, si celui-là n'est pas au Paradis, il n'y a personne. »

Le cortège le plus beau n'a pas été vu sur la terre : c'est celui de tant d'âmes qui, après lui avoir dû d'arriver au Ciel, l'y attendaient radieuses, à son entrée, et, parmi elles, celles des condamnés repentants, à qui il avait pu redire, à la dernière heure, la parole de Jésus sur la croix au Bon Larron.

O saint prêtre! ô fidèle ami! obtenez-nous à nous-même la grâce de vous rejoindre un jour là où vous êtes; car il n'y a point de doute qu'en vous retrouvant dans l'autre vie, ce ne soit dans le sein de Dieu.

L'auteur de cette notice se propose de publier la vie de l'abbé Crozes, après avoir recueilli tous les renseignements qu'il espère obtenir sur sa mémoire. Il prie instamment les personnes qui auraient connaissance de faits pouvant intéresser et édifier à son sujet de vouloir bien les adresser au secrétariat de l'Archevêché, ou à la *Semaine religieuse* de Paris, ou à M. l'abbé Vallée, Curé de Notre-Dame de Clignancourt.

PARIS. — E. DE SOYE ET FILS, IMPR., 18, R. DES FOSSÉS-S.-JACQUES.